英雄爸爸

HERO PAPA

全球第一本鼓舞爸爸的勵志繪本

Mr.6

作者簡介

Mr. 6本名劉威麟，作家，亦被公認為最早開始推動台灣網路創業風潮的推手之一，美國史丹佛大學（Stanford University）電機、管理雙碩士，從小移民加拿大，而後旅居矽谷多年，2002年—2009年間著有12本書，其中《搶先佈局十年後》於十年前預中多項科技應用之實現，並於2006年6月6日起，於個人部落格「Mr. 6—趨勢‧創業‧網路‧生活」發表了超過4300篇網站分析、科技趨勢、職場觀點文章。2016年起，Mr. 6開始在網路上發表短篇與長篇小說。

邀請Mr. 6親自為貴單位講一場《英雄爸爸》繪本，歡迎來信洽詢：send.to.mr6@gmail.com，志工性質，不收酬勞，願天下人幸福快樂。

（本書內容由Mr. 6原創設計，插畫繪製：珊迪）

給21世紀的大人一些正能量

多年前曾在小學當「故事爸爸」好幾年，每星期一次跑低年級各班主講40分鐘的繪本故事。當時，每個講故事的志工都得取一個讓小朋友容易記的名字，我沒想太多，取了「水果叔叔」一名，沒想到，故事說了幾個月，「水果叔叔」就在小朋友圈子闖出了名號、爆紅了；每次參加學校活動，小朋友爭相指認：「他就是那個很好笑的水果叔叔！」

繪本有一種神奇的魅力，它如此之短，既淺又薄，講這麼一本繪本，絕不可能「拖滿」40分鐘，因此，得靠那個講故事的人，為它添上色彩。

為了添色彩，我總自己先講給兒女聽一遍，然後上網找更多延伸資料，包括笑話、時事、科普知識等等，還好孩子的笑點和哭點都很低，一邊講繪本故事主軸，一邊即興發揮幾個笑話，還沒說到最後一句，全班已笑得東倒西歪，有的時候講著講著，孩子竟紅了眼睛，眨眨眼流淚了。21世紀的小朋友比我們那個時代更辛苦，他們面對的世界不再單純，更多元的誘惑，更無情

的競爭，甚至更不穩定的「家庭」——在某些學校，非雙親家庭或隔代教養者可能占到三分之二以上；當我說著繪本故事，試圖給小朋友更大的幸福感，我也發現，同樣的21世紀中，存在著「另外一群人」，和小朋友一樣，也需要鼓勵。

這些人，就是「爸爸們」。

尤其，是那些還在奮鬥中的年輕爸爸們。

對年輕爸爸來說，這真是一個不怎麼快樂的時代，工作、家庭像蠟燭兩頭燒；有些爸爸，白天工作，晚上做家事，周末帶孩子，最後「被離婚」——據統計，因為不快樂而走進諮商中心尋求協助者，女性是男性的10倍，但，因自殺而失去性命的人當中，男性卻是女性的10倍。

女性懂得尋求外界支持，建固自己綿密的支持網，但男性卻往往選擇一個人默默獨撐。我們可以說，在這離婚率高達60％的世界中，男性其實比女性還孤單！有的年輕爸爸，在離婚的過程中因為沒有「處理好」，

被誣告的、被作偽證的，割地賠款甚至揹上前科；由於孩子被強行帶走、避不見面，這些爸爸們突然間再也看不到他的小孩，還得繼續支付扶養費直至頭髮花白。

爸爸們當然可以憤怒、可以哀怨、可以酸可以罵，但，與其逆著潮流和大趨勢對做，我試著擬出一個更好的「解決方案」。

所以，這是一本給大人的繪本。

夠大的小孩，也可以看。

它的目的，是「再教育」這些爸爸們，給那些破碎的婚姻關係一些些正能量。

它想跟爸爸們說，家庭的失敗，並不代表你已經失敗。

它即將告訴你，你並未失敗，你只是「尚未成功」──人生絕不會終止在30、40幾歲，你的人生，還有一大半要活；這場遊戲，還沒「玩」到最後一刻，這場電影，還沒看到「劇終」──你的英雄時刻（Hero Moment）還沒來呢！

此刻你痛苦不堪，但，仔細想想，也因為走到了此一悲慘境地，你的人生從此多了一些「優勢」，那些優勢已清楚的畫在這繪本裡。

有看到嗎？

一個影子，正隱然成形。他擁有挺直的腰脊、魁偉的骨架，還有一張飄動中的披風，他是一個──英雄爸爸。

他就是你。

謹以此書，謝謝你，謝謝這世上所有的英雄爸爸。

2018年12月29日於臺北

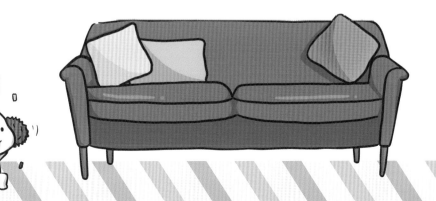

從前從前，有個小男孩，
小時候，他就想當一個英雄了。
床架上擺滿各種英雄玩具，他幻想著那一天，
他的隆重誕生，他的華麗登場！

每一個英雄，總是要華麗登場的，對不對？
有的是從石頭蹦出來。
有的從外星球飛過來。
登場的那一天，他要拯救世界！
拯救人類！
歐耶！

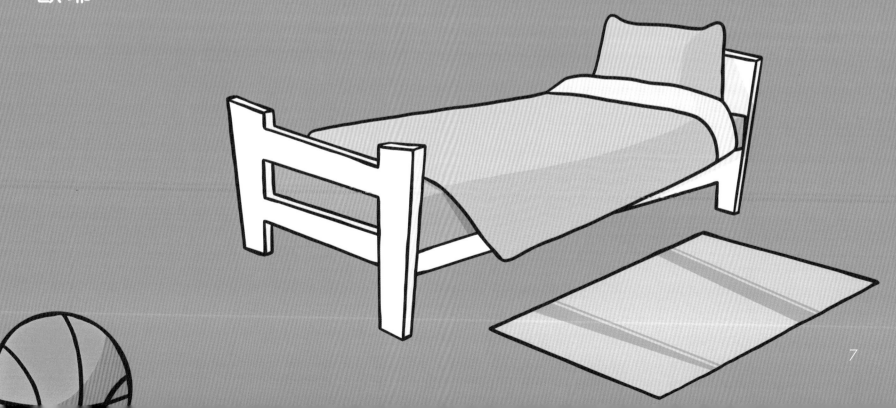

到了10歲。他認識了她。
他笑咪咪的打招呼。
她卻總是愁眉苦臉、哀聲嘆氣。

「他們對我好差。」
「如果不愛我，為什麼要生我？」
「我想快快長大，離開那個家！」

他眼睛睜得好～大～
聽著她一邊說，一邊哭。
人生第一次，他覺得，自己的「英雄時刻」來了。

多年多年以後，他們長大了。
他和她再次相見。
「我愛你。」
他臉都紅了。「我也愛妳。」
於是，他們結婚了！

第一個小寶寶出生了，是個男孩。
第二個小寶寶出生了，是個女孩。
公主、王子帶著小公主、小王子，過著幸福快樂的日子。

白天，他努力工作。
晚上，他努力做家事。
一天24小時，全年無休。
照顧老婆，照顧孩子，當一個英雄爸爸！
當英雄，好幸福哦！

沒想到，婚後，她開始「變」了。
一開始是一個月一次，變成一週一次。
後來是兩天一次，最後是一天好幾次。
她接近瘋狂的砸東丟西。
她歇斯底里的惡聲辱罵。
然後說：「都是你，害我變了。」

孩子們趕快躲進房間。
他們知道，他們的爸爸又「做錯事」，惹媽媽生氣。

某一個晚上，他終於回了嘴，表達抗議。
結果，她變得更生氣！拿起手機直接砸在他臉上！
她的眼神好陌生，憤怒極頂，完全的酷冷，
她的吼聲也好陌生，彷彿來自地獄，不屬於這個世界，
他扶著受傷瘀青的臉，
兩個孩子已經看到了一切，
這一晚，一個大男人的他，躲在廁所裡哭，
他好希望這只是一場惡夢，哭一哭趕快醒過來。

他本來應該當一個英雄，保護這個家，不被壞人欺負。
沒想到，「壞人」就在自己家裡。
而且，就是那個從小最需要被保護的「她」？

某天，他不小心看到她和閨蜜們的手機對話，更嚇呆了——
「老公一回家就當老爺，一件家事也不做，大男人主義。」
「老公動不動就發脾氣，我天天生活在恐懼中。」
「老公對小孩超冷漠，孩子和爸爸都不熟了。」

他很想生氣，因為，那些全不是真的！
而閨蜜們兇猛的言語鬥勤，更令他膽寒——
「有沒有告家暴專線？撕開他的假面目！」
「這種男人一定要給他教訓，拿光他所有的錢！」
「去告他的老闆、去告全世界，我們支持妳！」

某一天，她再次指著他亂罵、亂吼、亂叫。
他試著忍，試著不理，試著微笑。
她再次進逼，準備再次對他動拳動腳。
他說，不要了，不要，他已經快忍不住這種煎熬！
「你敢怎樣？你又敢怎樣？」她繼續咆哮。
終於，他真的受不了。
陡然站起，拿起杯子，重重的往地上一摔！
杯子破碎的瞬間，發出巨響！
旁邊的孩子又看到了，放聲大哭！
她誇張的驚慌大喊：
「哇！你終於露出真面目了！」
「你是壞人！你打我！」
「孩子，趕快叫警察，媽咪要保護你們，不要怕！」

她火速收了衣服，牽著兩個孩子，走出了大門。
他不知道，這一走，她永遠不會再回來。

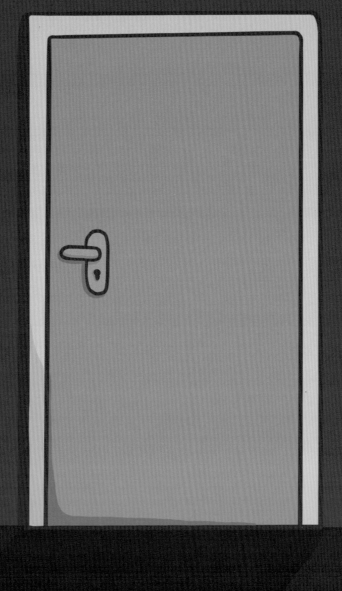

他以為，她只是一時生氣。
他以為，她等一下就會折返。
沒想到，到了深夜，大門還是靜悄悄的。
沒有她。

家裡變得好寂靜，
一整個晚上，他沒有閣上眼睛。

隔天，他必須向公司請假，
心情極糟，無法上班。
失眠加上沒胃口，精神恍恍惚惚。
他試著聯絡她，一次又一次。
她手機不接，訊息不回，整個人消失，孩子也不見了。

他只好打電話給向來很欣賞他的岳父母。
沒想到，岳父好兇，警告他不准再打來，
隔了一下子，岳母打過來，飆罵幾乎聾了他耳朵：
「你這種男人，比我老公還可惡一百倍！」
「從小就教我女兒，一定要小心男人，果不其然！」
「我們要對你申請保護令，一定要把你告到跪在地上求饒！」
「你準備接法院的傳票啦！」

他非常的絕望，拿起手機，打給哥兒們，
將最近這幾天的事，全部告訴哥兒們。
沒想到——哥兒們竟然放聲大笑！
「你一定是對她做了什麼對不對，兄弟？」
「唉呀，夫妻之間，過一陣子就沒事了！」
「有這麼嚴重嗎？你需要這麼傷心嗎？」
哥兒們不太想聽再多，紛紛不耐煩的掛掉電話。
他很驚訝，原來這些朋友，此時竟一點也無法理解他。
無法傾聽，也不站在他這一邊。

他的爸爸媽媽，也知道了這件事，憂心忡忡的找他。
「兒子你還好吧？」
「飯都吃不下，這樣不行。」
「來，我們這裡煮了一些菜，來吃吧！」

但，他竟然對他們大發脾氣！

這一晚，他特別的難過，
他抱著兒子和女兒留下的布娃娃，
右手是兒子的熊熊，左手是女兒的兔兔，
就像當年抱著襁褓中的他們，回憶一幕幕湧上。
他雖然在家，但他卻已經沒有「家」——
屋子裡的黑暗，好像快把他吞掉了！
屋子裡的寂靜，好像快把他震聾了！
他好生氣，又好虛弱。
好不甘心，卻無力回天。
他的心好像破了一個洞，胸口灼熱，傷口卻看不見在哪——
心痛，原來是這麼的痛。

他開始考慮，是否應該繼續苟活在世上。
很多可怕的想法都跑出來了。

他已經好幾天沒好好的睡覺了。
今晚，迷迷糊糊中，他發現，不是他的心在灼熱，
而是抱在胸口的熊熊和兔兔，好像變溫暖了。
而且，不知道是熊熊還是兔兔，還動了一下！

他嚇一跳，鬆開了手。
不敢相信自己的眼睛，熊熊和兔兔，竟然跳──了起來！
跳到窗邊的月光下。
兔兔的眼睛眨了一下，
熊熊的嘴巴，開始動了。

「嗨！英雄爸爸，你好！」熊熊說。

你⋯⋯你好？英雄爸爸？

兔兔的嘴巴也動起來了。
「你不是很想當英雄嗎？」兔兔說：
「你的英雄時刻，已經來了！」

熊熊和兔兔竟飛了起來，舉起了一件不知哪裡弄來的衣服，
開始為他「梳裝打扮」——
熊熊抓起他的一隻手，那姿勢就像兒子小時候牽著他，
兔兔也在他臉上塗塗抹抹，就像女兒在他臉上亂貼貼紙⋯⋯

原來，這是一件不折不扣的「英雄裝」，
這下子，他真的成了一個「英雄爸爸」了耶。
看著鏡子，哇，好帥氣，
所以，現在，接下來，是要去打敗惡魔、拯救孩子嗎？

「不不不，剛好相反。」熊熊拉住了他。
「世上沒有惡魔，」兔兔說：「你得先『切開』。」

切開？

「自從結婚生子，你把所有的心思，都放在『別人』身上。」
「有多久，你沒有好好的關心自己，想要什麼？」
「『切開』所有人，先想想自己。」

什麼？他又跌進了沮喪，
穿了一身英雄裝，結果，卻只是為了顧自己？
這算是什麼「英雄爸爸」嘛。

「幫助你切開，得先讓你看清楚。」熊熊說。
兔兔點了一下窗子，從窗子竟然看到了——
已經好幾天沒有見到的他的老婆、他的孩子！

他們正圍一桌吃飯，還有岳父、岳母，
看起來有說又有笑。
他們的樣子，狀似已是「完整的一家人」。
沒有他，他們好像更快樂。

哇，他好想哭！
他隔著窗子大叫，想跟她說話，想把話說清楚！
哈囉？哈囉？你們聽得見我的聲音嗎？

他頹喪的垂下，為什麼他不在那張餐桌上？
其實他不想當英雄，他只想當一個平凡的爸爸。
他想念他的家、他的孩子，他只要他們回來……

熊熊拍著他的肩，
兔兔牽著他的手，安慰著他。
「英雄爸爸不是每個人都可以當的，」熊熊說。
「你是少數，被選中的。」兔兔說。
他迷惘地看著熊熊和兔兔。

「你所受到的苦難，都有意義。」
「一切都是為了要你當『英雄爸爸』而鋪路的。」
「有一天，你會感謝這些日子所發生的一切！」
他仍一頭霧水看著熊熊和兔兔。

「第一步，你必須將他們暫時忘掉。」
「想像他們，已經自己關進了一只玻璃做的密封箱子。」
「相信我們，他們不會跑掉的。」
「現在，英雄爸爸，切掉他們後，你必須要『轉身』了。」
「往你的背後看一看，瞧瞧有什麼？」

他轉過頭。
背後沒有路，沒有東西，只有一團黑漆漆。

「英雄爸爸，請再仔細看。」熊熊說。
他揉揉眼睛，定神再一看。
慢慢看到對面有微光，微光下站了好多人。
那是他工作的場所。
他的同事、他的部屬、他的上司，
啊哈，不好意思，他已經請假了好幾天沒去上班了。

「上班的時間，你不需要被『她』影響。」
「而且，你要讓那個地方，比以前還更好。」
比以前更好？
現在的他，連照顧自己都有困難，怎麼可能比以前更好？
「拿這些事情當動力，讓工作比以前更好！」熊熊說。
「如果以後被她知道，她什麼破壞都沒有搞到，反而讓你仕途
更順利、人生更成功，她一定會氣得跳腳吧！」兔兔說。

他半信半疑。

抱著熊熊、兔兔，他來到了辦公室。

觸景生情，他很難過，上次他踏進這裡，

老婆和小孩都還在家，現在，他已經什麼都沒有了。

同事也用好奇眼光打量著他。

比較熟的同事，走過來想要幫忙——

「你還好嗎？」

他真的有一股衝動，想把這些事情全都和同事講了。

但他又想起上次和哥兒們聊的，因此，話還沒出，又吞回去了。

他聳聳肩，笑一笑：「我沒事！」

現在，他要好好工作，把所有傷心事忘掉，

因為他很傷心，所以要更努力、更悲壯的工作，

他的家變差了，所以他一定要讓工作變更好。

「英雄爸爸，你做得很棒！」熊熊說。
「接下來，也別忘了，找回你的哥兒們！」

他想起，那一天，哥兒們完全不了解他在講什麼。
他到現在還很生氣。
幾十年的交情，就這樣一筆勾銷了嗎？
「去吧！打電話給他們，」
熊熊說：「英雄爸爸不吐苦水，英雄爸爸要讓自己
與他們的關係，比以前還要『更好』！」
「對朋友，就要散播快樂，」兔兔說：「讓他們看到你
經過了不可思議的恐怖經歷，比以前還更成熟、更可靠、更快樂！」

於是，這一天努力上班後，他打給朋友，
邀一大群朋友來家裡開派對、喝個通宵！
「今天難得我家沒人，來吧！」他豪爽的吆喝。
這一天，幾個同事、朋友全都來了，大家都是第一次到他家。
婚後，很久沒有這麼多人來家裡了，
他終於發現，原來他有一支如此龐大的「啦啦隊」，
友誼從來不變，他們一定會在那個勝利的終點等著他的。

派對結束，很滿足，很累，
他獨自坐在亂七八糟的客廳。
熊熊說話了。
「英雄爸爸，你還忘了誰了？」
「你還記得『他們』嗎？」

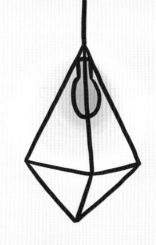

他怎麼可能忘記呢。

「英雄爸爸，有著強壯的肩膀，照顧自己的父母、愛你的所有家人。」

「用你對老婆與孩子原本的那一份愛，一模一樣的，回去照顧他們。」

他很懊悔，上一次，他還對他們發脾氣。

他更懊悔，婚後，他的所有重心已全部移轉到老婆和孩子身上，舊的家人這邊，他已很久沒認真關心他們需要什麼了。

他決定一件事。
以後，再忙，每天晚上都要回去陪長輩吃晚飯。

換作以前，一定會被她笑的——
「那個『媽寶』，什麼年紀了，還要回家『討抱』？」
「嫁給他，好像嫁給好多人！」
「他根本沒和我結婚，他是和他的娘結婚！」
但現在他領悟了。英雄爸爸，應該「整個家」都要擔起來的。
今天起，對自己父母，對所有的家人，
一定要比以前「更好」，
一定要比自己的孩子與老婆都還要好！

這時候，他覺得他好像已經「恢復」了。
心裡的洞，好像已經補起來了。
因為，他已經重新建立一個「新家」。
英雄爸爸，白天努力工作，晚上努力的愛朋友、愛家人——
第一次覺得，他發出了好耀眼的光！

時間飛逝，轉眼又過了幾個月，或是幾年，或是十幾年。
這一天，他愉快地吹口哨回家。
熊熊突然問：
「你，想不想再回去看『他們』？」

他們？
他當然知道，熊熊指的是誰。
當時，熊熊兔兔拉住他，要他斷了「他們」。
現在，可以去了嗎？
的確，現在的他，強壯多了，
他真的是「英雄爸爸」了，有好多領悟，好多驕傲，
好多的故事可以和孩子分享。

不過，他仍然猶豫了。
他不確定，當他再次看到，會是痛心還是絕望？
「別擔心。」
熊熊只說了這句話，兔兔就按下玻璃窗，
馬上，他們又看到了那扇窗子，
同一張餐桌，他們又在吃飯了。
他轉過頭，不想看那個畫面——但。

「仔細看！」熊熊說。

他看了。然後看到了。
餐桌上坐的是她，還有她的爸媽。他們沒在吃飯，他們在爭吵。
孩子們呢？
小哥哥、小妹妹呢？

「聲音打開來，」熊熊說：「你聽聽看。」

他聽見了他岳父母的聲音。
那聲音極度尖銳，非常兇悍，聽起來似乎在罵……罵他們的女兒！
「小孩子也沒有惹妳什麼，只是功課寫晚了一點。」
「妳把他們打成這樣，有解決什麼？」
「一個離家出走，一個躲起來，妳會比較好過嗎？」
「妳真的有病！真搞不懂妳老公怎麼受得了妳？」

他再仔細看，
看到他女兒正躲在另一個房間的門後，瑟瑟縮縮，不敢出聲。
而兒子……不見了。

然後，餐廳發出了更大的聲響，是她——
那個憤怒極頂的眼神，那個來自地獄的吼聲，他其實都不陌生。

「你們跟我那些閨蜜有啥兩樣？表面說支持我，私底下在笑我！」
「笑我煮熟的鴨子飛了，笑我癩蛤蟆想吃天鵝肉！」
「他過得很好關我什麼事？別再提到他了，別再提到他了！」

她口中的「他」，現在正在窗外看著這一切。
這時候，他手機響了！
陌生的電話號碼，他接起來，竟然是他兒子的聲音。
什麼時候，兒子有手機了？
他沒時間想太多，因為他聽見的下一句話是——
「爸爸，救我。」

他懂了。

不必急，耐心等。

重新建立自己，讓自己變得比以前強大。

總有一天，他們終究會需要一個「爸爸」。

原來「英雄爸爸」就是這個意思。

唯有世界更寬廣、心胸更遼闊，才夠格當一個英雄吧。

英雄爸爸，這次是真正的華麗登場！

兒子的帶領下，他帥氣走入了兒子住的地方，

剛剛的那張餐桌，

還有她。

但她的世界已垮，

她的父母發現了問題，她的閨蜜開始胡亂射靶，

兒子女兒不再默默接受媽媽的暴虐教養法，

她的心繼續崩塌，她陷入了地下。

英雄爸爸伸出了手，溫暖的拉住了她：

「起來吧。」

人生雖然仍是陰晴圓缺，結果至少還算圓滿。
原來，這就是英雄爸爸的「任務」啊！

和以前當一個平凡的爸爸相比，
他現在更喜歡這種當「英雄爸爸」的感覺！
實在⋯⋯太威風了！

故事已經結束了嗎？
不。
故事，才剛剛開始。

原本，他只是一個追求幸福的傻爸爸。
現在，他已「體驗」過21世紀新型態家庭，
各式各樣的酸甜苦辣！
他已是一個身經百戰的勇士，
可以做更多的事了。

夜幕垂降，住宅大樓一棟棟點滿了燈，
他看見更多其他人的家中正在發生的「不正義」。
他要解救苦難，為弱勢發聲！

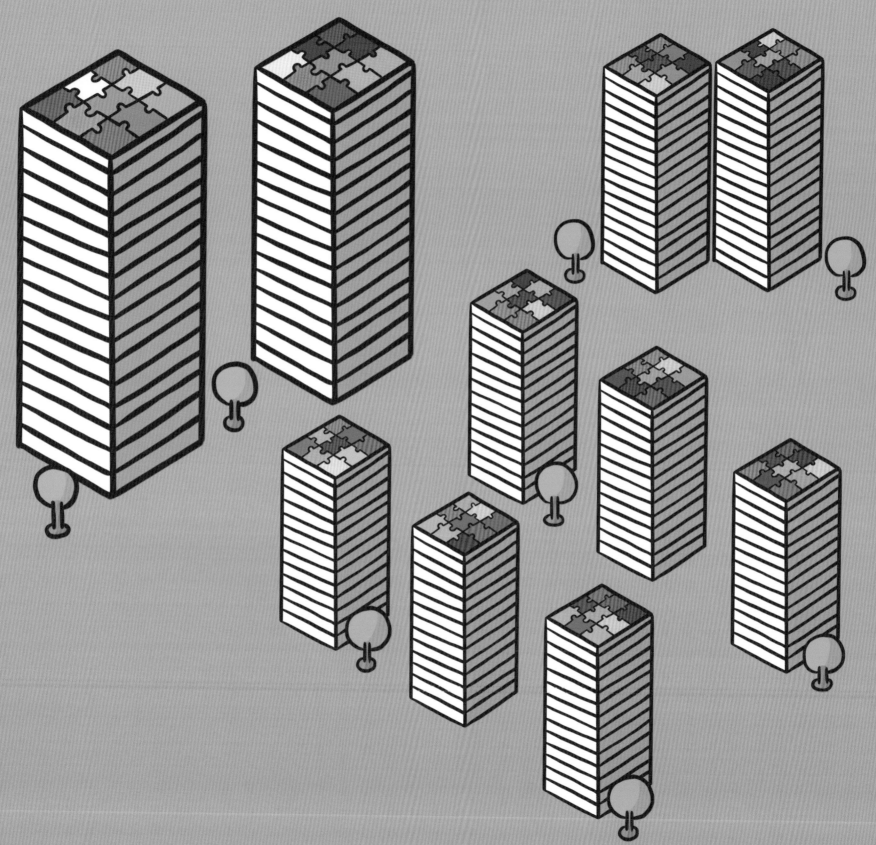

這天晚上，
同樣的那扇窗，一切已恢復平靜，
餐桌坐的是她和她的父母、閨蜜，正在有說有笑的吃飯。

樓頂，則坐著剛剛完成任務的英雄爸爸，
忙了一天，他並不孤單，
他的左邊是兒子，兒子抱著他的熊熊，
他的右邊是女兒，女兒抱著她的兔兔，
涼爽的夏日微風，爸爸和兒女幸福的相擁，
一起欣賞，今晚這一顆超級圓滿的大月亮。

他醒了。
原來是一場夢。

仍是一張空蕩蕩的大床。
熊熊仍擺在原處。
兔兔一動也沒動過。
當然，孩子也從來沒回來；
枕頭上仍因為淚濕過而皺著，

唉，這個夢，實在有點過於甜美了，不是麼？

不過，「英雄爸爸」卻不只是夢。
就像所有的英雄一樣，
英雄爸爸，一定是要華麗的登場的。

現在，他已經知道該怎麼做了。
這個世界也已經在等著他。
穿上西裝，
帶上了熊熊和兔兔，
轉身，
面向窗外，朝向未來，
他用最宏亮的聲音正式向全世界宣布——

後記

現代的繪本經常體貼的附上一篇「後記」，寫給父母看，幫助父母講完故事主軸，還可以和小朋友說上一段大道理，啟發小讀者。

《英雄爸爸》是一本給大人的繪本，大家都是大人，不需要聽什麼大道理，不過這本繪本的設計滿巧妙的，剛剛只是你第一次讀完，巧妙之處就在，更強烈的體悟、思考上的狂風暴雨，會發生在第二次讀它之後。

細心的你，是否有發現巧藏在字裡行間、精心安排的圖片之中的「祕密」呢？現在就來考考大家：

1. 代表英雄爸爸周圍的人的「九宮格」，為何那樣排列？

2. 九宮格的顏色，是否暗示什麼？

3. 英雄爸爸兒時衣服上的圖樣，以及當爸爸後圖樣之差異？

4. 英雄爸爸衣服顯示驚歎號與問號時，情緒上之微妙不同處？

5. 英雄爸爸兒時玩的玩具，與當爸爸後孩子們的布絨娃娃為何差異？

6. 為何安排由孩子的熊熊與兔兔來幫助英雄爸爸走入英雄世界？

7. 藏在英雄爸爸的老婆下方的「黑影人」，代表什麼？

8. 注意黑影人的手勢，有兩種解釋，分別暗示了什麼？

9. 有沒有注意到那只公文信封，出現在哪幾幕？意義為何？

10. 有沒有注意到那只玻璃做的密封箱子，意義為何？

11. 岳母打電話來指責的話，暗示了什麼？

12. 岳父母態度從前妻兒時至成年後，前半段及後半段的巨大差異，說明了什麼？

13. 閨蜜的轉變，可能原因為何？

14. 英雄爸爸的電腦上面的圖樣，有何玄機？

15. 英雄爸爸的兒子竟有手機，代表何意？

16.樓房上各式各樣的九宮格,顏色與英雄爸爸不盡相同,代表何意?

17.英雄爸爸摟著孩子欣賞的大圓明月,與前面呼應代表何意?

18.樓下是前妻與家人吃飯,樓頂是英雄爸爸帶孩子遠眺夜景,代表何意?

19.最終英雄爸爸醒來,一切只是一場夢,未來很有可能不會這麼美好,但他仍精神抖擻,為什麼?

20.你還找到其他隱藏的暗示嗎?噓……。

若你的工作單位需要請來筆者(Mr. 6)親口講一場《英雄爸爸》,歡迎來信預約:
send.to.mr6@gmail.com
志工性質,不收酬勞,願天下人幸福快樂。

國家圖書館出版品預行編目資料

英雄爸爸／Mr. 6著. --初版.--臺北市：創新聚合
文創志業，2019.2
　　面；　公分.
ISBN 978-986-94050-2-7(精裝)

855　　　　　　　　　　108000005

英雄爸爸 HERO PAPA

作　　　者　Mr. 6（劉威麟）
原創概念　Mr. 6（劉威麟）
插畫繪製　珊迪
發 行 人　創新聚合文創志業
出　　版　創新聚合文創志業
　　　　　　110台北市信義路五段7號台北101大樓57樓之一
　　　　　　電郵：send.to.mr6@gmail.com
　　　　　　網址：http://mr6.com
設計編印　白象文化事業有限公司
　　　　　　專案主編：黃麗穎
經銷代理　白象文化事業有限公司
　　　　　　412台中市大里區科技路1號8樓之2（台中軟體園區）
　　　　　　401台中市東區和平街228巷44號（經銷部）
　　　　　　購書專線：（04）2220-8589　　傳真：（04）2220-8505
印　　刷　基盛印刷工場
初版一刷　2019年2月
定　　價　280元

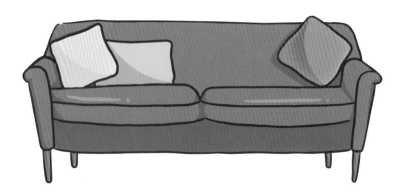